Régiment de Marche de Zouaves

Au Clair de la Dune
Revue de la "Chéchia"

Aux Armées

Août 1915

Au Clair

de la...

Dune

REVUE

En 1 Acte et 2 Tableaux

de

TONI PANÇA - L'ÉCORCHEUR

ET

LE LANCEUR DE FUSÉES

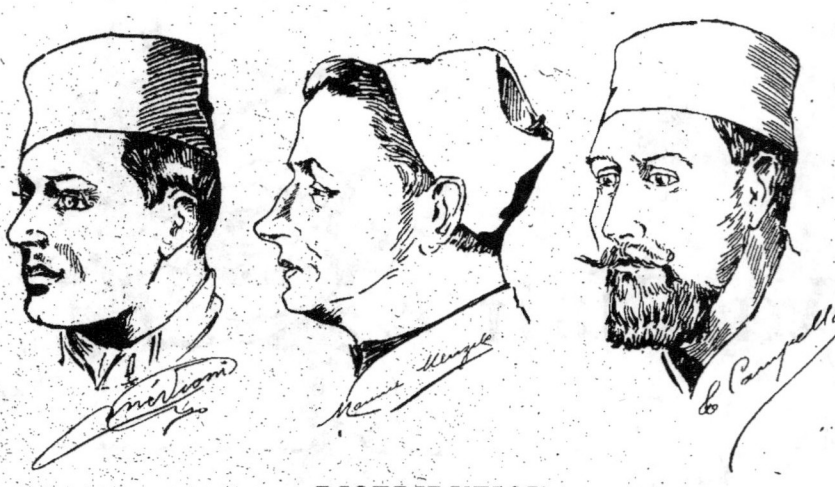

DISTRIBUTION

❋ ❋ ❋

MONTIS . . .	Le Compère.		**TONI PANÇA** .	Le Journaliste.
MENZIES . . .	La Tranchée. Miss Dorothée.		**PARIENTÉ** . .	Le Veilleur. L'Éclaireur Volontaire. La Grande Dune.
RUESCHE . . .	Un Cuistot. La Route Pavée. Le Prisonnier Boche.		**CAMPELLO** . .	Chef Cuistot, Le Père La Feuillée. Le Cheval de Frise.
MEDIONI . . .	Un Cuistot. Le Pont Joffre. Le Gendarme Belge.		**VERGNE**	Le Poilu du 1er. Le Zouave Camelot. Le Blessé.

PIANO D'ACCOMPAGNEMENT

Tenu par le maestro CASSARD, soliste au 1er Zouaves.

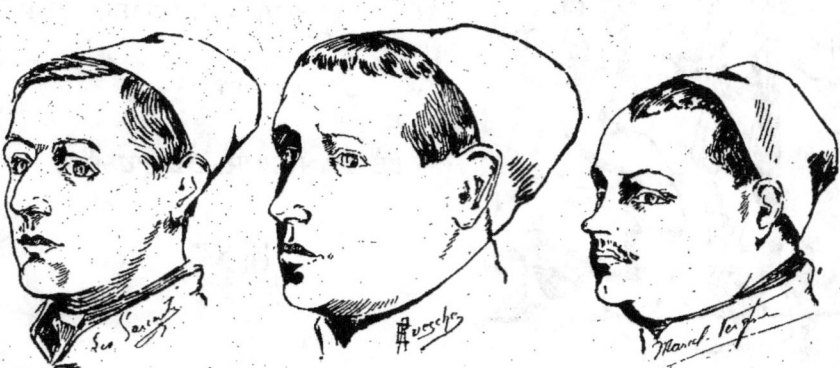

AU CLAIR DE LA... DUNE

PREMIER TABLEAU

La scène représente le decor classique des tranchées.

CHŒUR DE ZOUAVES *invisibles.*

DANS NOTRE GUITOUNE. (Air : *Auprès de ma blonde.*)

I

Chantons la dune blonde
Et ses vallons si doux. *(bis.)*
Tous les boches du monde
Y logent dans leurs trous.

REFRAIN

Dans notre guitoune,
Ah,
Qu'il fait bon, fait bon, fait bon,
Dans notre guitoune,.
Ah,
Qu'il fait bon dormir.

II

Arrêtés près de l'onde,
Par le premier zouzous, *(bis.)*
Les boches, race immonde,
Voudraient prendre chez nous.

III

Notre terre féconde,
Pour l'inonder de poux. *(bis.)*
Zouzous, qu'on leur réponde,
Faut compter avec nous.

IV

Que sur la dune blonde,
Sur les vallons si doux. *(bis.)*
Tous les boches du monde
Périssent dans leurs trous.

SCÈNE PREMIÈRE

LE JOURNALISTE.

LE JOURNALISTE *entre à la fin de la chanson et cherche partout les Zouaves.*
LE JOURNALISTE. — Enfin, m'y voilà, dans la tranchée des Zouaves tant vantés par mes grands confrères parisiens. Mais où diable sont-ils donc? Je les entendais pourtant chanter tout à l'heure et je ne les vois pas. Pourtant, ils ne sont pas loin d'ici.
CRIS ET BRUITS DANS LES COULISSES. — Enlevez-le. Ohé, un civil. On est là.
LE JOURNALISTE *se sent bousculé par des gens invisibles.* — Allons, allons, pas de plaisanterie. Que signifie cette bousculade? Pourtant je ne vois personne, suis-je dans le royaume de Méphisto? Allons, mes amis les Zouaves, expliquez-moi ce que signifie cette invisibilité.

LE COMPÈRE, *dans les coulisses.* — Vous voulez savoir qui nous sommes, eh bien d'abord dites-nous qui vous êtes.

LE JOURNALISTE. — Qui je suis? Eh bien, mes amis, je suis journaliste. Je suis rédacteur à *La Chéchia.*

LES ZOUAVES, *dans les coulisses.* — Bravo. Vive *La Chéchia!*

LE COMPÈRE. — Eh bien, nous sommes les zouaves à la tenue kaki, la tenue invisible, et si vous voulez nous voir, mettez vos lunettes.

LE JOURNALISTE *met ses lunettes et* LE COMPÈRE *entre en chantant.*

SCÈNE II

LE COMPÈRE, LE JOURNALISTE.

LE COMPÈRE *chante sur l'air de la* Mère Angot.

LA TENUE KAKI

C'est en tenue kaki
Qu'on nous habille. *(bis.)*
D'la chéchia aux ribouis
L'kaki fourmille. *(bis.)*
Les boches sont babas
De cette tenue-là
Car, mon cher, croyez-moi,
Nul ne nous aperçoit.

LE CHŒUR INVISIBLE *reprend le couplet.*

LE JOURNALISTE. — Mais alors, si vous portez une tenue uniforme, comment diable faites-vous pour vous reconnaître?

(Un zouave entre.)

SCÈNE III

LES MÊMES, *plus un* ZOUAVE.

LE ZOUAVE. — Impossible de se tromper, monsieur le Journaliste, impossible : ceux du Premier sont uniques au monde, et nous sommes :

CEUX DU PREMIER

I

De Marseille ou de la Bastoche,
D'Alger la Blanche ou de Tunis,
Ils sont là tous : Ahmed, Gavroche,
Sous le même étendard unis.
De ta puante horde, alboche,
Il s'agit d'arrêter le flux;
Ça, c'est un boulot rigolboche,
Ceux du Premier sont des Poilus.

II

Ceux du Premier sont faits de roche,
Ceux du Premier au front bruni,
Rien dans le ventre et rien en poche;
A travers les sillons jaunis,
Ils ont lutté sans un reproche,
Contre tes bandits chevelus.
Leur Drapeau... faut pas qu'on l'approche,
Ceux du Premier sont des Poilus.

III

Mais le boche a dure caboche,
Et tous les boches réunis,
Sur notre sol à coups de pioche,
Sont venus installer leurs nids.
Oui mais... un autre son de cloche,
Monte aujourd'hui de nos talus :
Qu'on les crève ou qu'on les décroche,
Ceux du Premier sont des Poilus.

ENVOI

Ceux du Premier, royal fantoche,
Malgré tes chenapans goulus,
Dans ton cul planteront leurs broches :
Ceux du Premier sont des Poilus.

Le Zouave sort après sa ballade, tandis que les cuistots entrent en chantant.

SCÈNE IV

LE COMPÈRE, LE JOURNALISTE, LES TROIS CUISTOTS.

LES CUISTOTS *chantent sur l'air de* Miraculi.

LA RONDE DES CUISTOTS

REFRAIN

Nous sommes les cuisiniers,
Et tous les cuistots,
Sont des costauds :
Nous portons le rata, le café,
Soir et matin, dans la tranchée,
Nous sommes, c'est évident,
Plus exposés que les combattants :
A la cuisine, ou avec eux,
Nous sommes toujours au feu.

I

Rien qu'en voyant mon accoutrement,
Vous dites : « V'là un espion allemand,
Un marchand d'mouron ou d'ipéca,
Il est assez crasseux pour ça.
— Non, mon colonel, non, mes bons amis,
Je suis le cuistot d'la compagnie,
Et si d'ma cuistance, vous êtes dégoûtés,
C'est qu'vous n'en avez pas goûté. »

II

Tous les huit jours nous déménageons,
Emportant pêl'-mêle nos poêlons,
Nos lessiveuses où cuis'nt les ratas,
Nos bidets qui nous serv'nt de plats.
On empil' le tout dans une vieille charrette,
Le reste nous suit dans les brouettes;
Y a les uns qui poussent et les autr's qui tirent,
Oui mais jamais rien ne chavire.

III

Nous portons de tranchées en boyaux,
Non seulement jus, soupe et fricot,
Mais ce qui est plus précieux encore,
Des cuisines, le dernier rapport.
Nous portons à tous, avec les nouvelles,
Les petits billets doux de leurs belles;
Ainsi donc, messieurs, malgré notre air lourd,
Nous sommes les messagers de l'amour.

LE JOURNALISTE. — Mais à qui diable allez-vous faire votre distribution? Je ne vois personne.

LE CUISTOT CHEF. — Vous ne voyez personne. Dame, tout le monde dort, chacun est dans sa guitoune; voulez-vous que je les fasse apparaître? Ma voix a la valeur d'une baguette magique.

LE JOURNALISTE. — Mais, très volontiers.

LE CUISTOT CHEF. — Au jus, là d'dans.

Tous les zouaves dans les coulisses tendent leurs quarts. Distribution et réflexions diverses.

LES TROIS CUISTOTS, *successivement.* — Au jus. A la gniole. Au pinard.

LE CHEF CUISTOT, *à un zouave dans les coulisses.* — Allez, oust. Donne ton bidon.

LE ZOUAVE, *à un deuxième dans les coulisses.* — Mon bidon! Mon bidon, j'sais t'y ous qu'il est, mon bidon? Dis, toi, passe le bidon.

LE DEUXIÈME, *au premier.* — Ben t'as qu'à le prendre, y doit être par là... *(Il cherche le bidon.)*

LE CHEF CUISTOT, *qui s'impatiente.* — Ben quoi, est-ce que vous allez vous grouiller là d'dans? Donne-moi ton bidon ou je te fais bomber.

LE ZOUAVE, *furieux.* — M'faire bomber! M'faire bomber! Ben y manquerait pus qu'ça, eh, bleusaille!

LE CUISTOT, *outré.* — Bleusaille? Moi, bleusaille?

LE ZOUAVE. — Oui, bleusaille.

LE CUISTOT. — Répète un peu que j'suis une bleusaille.

LE ZOUAVE. — Oui, qu't'es une bleusaille.

LE CUISTOT. — Répète.

LE ZOUAVE. — Bleusaille.

LE CUISTOT, *levant les épaules d'indignation, à un autre.* — Ah ! il a bien fait de n'pas le répéter. *(Il le sert.)*

DEUXIÈME CUISTOT. — Allez, à la gniole ! Combien qu't'es là d'dans?

LE ZOUAVE. — J'suis quatre.

LE CUISTOT *le sert.* — Tiens, v'là pour quatre.

LE ZOUAVE. — C'est pas la peine de faire un faux col... je n'en mets que le dimanche.

TROISIÈME CUISTOT. — Allez, au pinard.

LE ZOUAVE, *embarrassé.* — Ben, ous qu'on va mettre tout ça?

LE CUISTOT. — Si t'en veux pas, t'as qu'à l'laisser.

LE ZOUAVE. — L'laisser. L'laisser. Et pis quoi encore?

LE CUISTOT. — Pisque tu sais pas où le mettre.

LE ZOUAVE. — C'est y une raison pour l'laisser? *(Il avale le tout.)*

Les cuistots s'éloignent en chantant leurs refrains tandis que tous les zouaves montent sur la scène en buvant.

SCÈNE V

LE JOURNALISTE, LE COMPÈRE ET TOUS LES ZOUAVES, *moins* LES CUISTOTS.

Réflexions diverses des zouaves en buvant.

— Ben, y en a pas besef, de son pastice !

— Tout d'même, ça réchauffe !

— Tu parles, elle est bonne, la fine Faucheron !

— Dis, vieux, on la garde, la gniole, pour l'attaque?

— Pour l'attaque de nerfs, oui, tiens v'là ous que j'la mets. *(Tout le monde boit.)*

LE JOURNALISTE. — Mais, dites donc, les amis, vous n'avez pas l'air de vous embêter dans la tranchée?

UN ZOUAVE. — Dans la tranchée, jamais on ne s'embête; mieux vaut ici qu'en face. *(Il range son quart et chante. Les autres reprennent au refrain.)*

DANS LES TRANCHÉES (Air : A Biribi.)

I

Dans la tranchée, sur la Grande Dune,
　　Nos p'tits zouzous,
Mont'nt la faction au clair de lune,
　　Toujours debout.
Ils ont tous l'oreille attentive,
　　L'œil exercé,
Ils se tienn'nt sur la défensive,
　　Dans la tranchée. *(bis.)*

II

Dans la tranchée, marmit's, torpilles,
　　Laissent rêveur,
On se gondole, on se tortille,
　　On est crâneur,
Car, tous les artilleurs alboches,
　　Tapent à côté,
Et c'est alors très rigolboche,
　　Dans la tranchée. *(bis.)*

III

Dans la tranchée parfois une balle
    Fait un malheur,
Un de nos chers copains déballe,
    On verse un pleur.
Et l'soir au pied de la Grande Dune
    Le cœur serré,
On l'ensevelit au clair de lune,
    Dans la tranchée. *(bis.)*

IV

Dans la tranchée, si ces sal's boches
    Tentent une action,
On leur démolit la caboche,
    Ah quelle friction !
Car l'on doit, tout l'monde ici l'pense,
    Bien résister,
Ou s'fair' casser la gueul' pour la France
    Dans la tranchée *(bis.)*

A la fin de la chanson, le PÈRE LA FEUILLÉE *apparaît et tout le monde se bouche le nez.*

SCÈNE VI

LES MÊMES, *plus* LE PÈRE LA FEUILLÉE.

TOUT LE MONDE, *en se bouchant le nez.* — Qu'est-ce que c'est que ça ?

LA FEUILLÉE. — Je suis le *Père La Feuillée,* parbleu, vous ne me reconnaissez donc pas ?

LE COMPÈRE. — Ah si ! à l'odeur.

LE JOURNALISTE. — C'est drôle, moi qui ne vous connaissais pas, je vous ai reconnu tout de suite. Mais qu'est-ce que vous voulez ?

LA FEUILLÉE. — Je veux mon air, parbleu. Vous m'avez chipé mon air.

LE COMPÈRE. — Ce n'est pas un air bien pur.

LE JOURNALISTE. — En tout cas, nous ne vous chiperons pas votre odeur.

LA FEUILLÉE. — Oui, mais en tout cas, vous m'avez toujours chipé mon air.

LE COMPÈRE. — Idiot, va. Mais quel air ?

LA FEUILLÉE. — Mon air, parbleu, l'air de ma chanson, l'air que vous chantiez tout à l'heure.

LE COMPÈRE. — Quoi, tu chantes, toi ? Eh bien, si ton ramage ressemble à ton plumage...

LE JOURNALISTE. — Et si votre saveur ressemble à votre odeur... Allons, racontez-nous votre histoire, elle doit être assez piquante.

LE COMPÈRE. — Pas piquée des mouches, en tout cas, il les fait crever.

LA FEUILLÉE. — Et je vais même vous faire crever de rire. *(Il chante sur l'air de* A Biribi.)

DANS LES FEUILLÉES

I

Dans chaqu' tranchée de la Grande Dune
    Y a un p'tit coin,
Où chacun va au clair de lune,
    Ou d'bon matin,
Préparant les moissons futures
    D'not' sol sacré,
Payer son prêt à Dam' nature :
    C'sont les feuillées. *(bis.)*

II

Tandis qu'il rend à la nature
    Tout c'qui lui revient,
Le zouave a l'temps d'faire la lecture
    Du bulletin !
Si c'est du boche ou d'l'autrichien
    L'communiqué,
Il en fait l'usage... qu'il convient
    Dans les feuillées. *(bis.)*

III

Si les feuillées ont des visites
    En abondance,
C'est qu'l'ordinaire n'fait pas faillite,
    En not' douc' France !
Il n'en est pas d'même en Bochie,
    Tout l'monde le sait,
C'est là qu'se tiennent leurs boulangeries,
    Dans les feuillées. *(bis.)*

IV

Et si d'not' champagne ils ont l'air
    Ces bouffe K K,
De trouver les raisins trop verts
    Le vin trop plat,
Ils calm'ront leur fureur famélique,
    De gros bousiers,
Quand ils auront bouffé des briques,
    Dans nos feuillées. *(bis.)*

V

Aussi quand l'zouav' de la Grand' Dune
    Au p'tit matin,
Fait sa prière au clair de lune,
    Sur le tremplin,
C'qui va en haut d'son âme innocente,
    Est pour l'bon Dieu,
C'qui va en bas dans l'trou à fiente
    Ça c'est pour eux. *(bis.)*

(Tout le monde applaudit et fait grand bruit sur la scène.)

Le Veilleur *apparaît, son périscope à la main.*

[SCÈNE VII

LES MÊMES, *plus* LE VEILLEUR.

LE VEILLEUR. — Moins de bruit, vous autres, moins de bruit, nom d'un chien... et tout le monde au créneau. Qu'est-ce que vous fichez ici? Est-ce que vous croyez que je vais veiller tout seul?

Tout le monde disparaît; seuls restent:

LE VEILLEUR, LE JOURNALISTE ET LE COMPÈRE.

LE JOURNALISTE, *désignant le périscope.* — Tiens! Qu'est-ce que c'est que cette nouvelle arme? C'est une massue?

LE VEILLEUR. — Non, monsieur, c'est un périscope, la plus belle invention de la guerre avec la gniole et le réchaud du soldat. « Voir sans être vu, » dit le règlement, tout est là; jamais le règlement, monsieur, n'a été si bien interprété qu'en inventant cet appareil; l'homme au périscope est aussi utile dans la tranchée que l'artilleur derrière ou l'aviateur au-dessus!

LE JOURNALISTE. — Et que fait-il?

LE VEILLEUR. — Il veille, monsieur, il veille tout le temps. Ecoutez plutôt. (*Il chante sur l'air du* Clairon, *de Déroulède.*)

LE VEILLEUR

I

Il est là en sentinelle,
D'autres dorment, mais lui veille,
La tranchée est son séjour;
Son périscope à la main,
Nuit et jour, soir et matin,
Il veille, il veille toujours!

II

Il n'a pas peur de la mort,
Et des blessures moins encor',
Il dit : « C'est chacun son tour! »
Et quand il reçoit une balle
Aussitôt il la signale,
Il veille, il veille toujours.

III

Sur lui les obus éclatent,
Il en rit, car rien n'épate
Ce si joyeux troubadour!
Si une de ses mains écope,
L'autre prend le périscope,
Il veille, il veille toujours!

IV

Mais il a l'œil droit crevé,
Il crie aux boches : « Bien visé! »

Sérieux et gai tour à tour :
Méprisant la mort qui fauche,
Il regarde avec le gauche,
Il veille, il veille toujours !

V

Sur lui pleuvent les torpilles
Et les shrapnells éparpillent
Ses membres aux alentours !
Signalant un rigodon,
Il dit : « Les morceaux sont bons ! »
Il veille, il veille toujours !

VI

Il sert aux boches de silhouette
Et il s'écrie : « Ça, c'est chouette,
Ils vont me percer à jour. »
Quand il a des trous partout,
On ne le voit plus du tout,
Il veille, il veille toujours !

VII

Sans un moment de faiblesse,
Il y est mort de vieillesse,
Sans espoir et sans recours ;
Oui, mais sur son mausolée,
Son périscope est planté
Il veille, il veille toujours !

LE JOURNALISTE. — Mais, dites donc, ce doit être bien monotone de veiller ainsi toujours. Et sur quoi donc veillez-vous ?

LE VEILLEUR. — Monotone... pas du tout. Je veille tantôt devant, tantôt derrière, tantôt sur le Pont Joffre, tantôt sur la Route Pavée. Ah ! c'est qu'ils sont bien visés, les malheureux, et qu'ils en voient de dures depuis bientôt un an qu'on les mitraille.

Entre la ROUTE PAVÉE.

SCÈNE VIII

LES MÊMES, *plus* LA ROUTE PAVÉE.

LA ROUTE PAVÉE. — Si on en voit de dures, mon bon monsieur, si on en voit de dures, sûr qu'on n'en a jamais tant vu ni tant entendu.

LE JOURNALISTE. — Tiens, tiens, mais qui êtes-vous donc ?

LE VEILLEUR. — Je vous présente ma protégée, madame LA ROUTE PAVÉE ; permettez que je me retire, on m'appelle au créneau.

LE JOURNALISTE. — Enchanté de faire votre connaissance.

LA ROUTE PAVÉE. — Moi de même, mon beau monsieur, moi de même. Ah, dame ! c'est qu'des beaux monsieurs comme vous y a ben longtemps qu'j'en ont point charrié dans des automobiles. Et j'les regrette, allez, j'les regrette.

Ah! y faisaient pourtant ben du bruit quand y s'n'allaient à Ostende là ousque j'mène; y faisaient pourtant ben du bruit, et y roulaient à une allure, à une allure et qu'y m'éclaboussaient d'l'iau encore plein la figure, et qu'y m'répandaient du pétrole sur mes biaux habits, et qu'y m'piétinaient les reins sans pitié, et qu'y m'rentraient dans les bas côtés sans ménagements.

« Ah pour sûr que l'service était dur, allez, dur; et pis y avait encore les voitures de fourrage hautes comme des maisons, et les cabriolets qui m'couraient d'ssus comme des mille-pattes, et les charrues, et pis les herses qui vous égratignaient la figure en passant.

« Mais nous, n'est-ce pas, les vieux, on est dur à la peine, on r'chigne jamais au travail, et pis qu'c'est le métier qui l'veut, on l'accepte, n'est-ce pas, on l'accepte. Chacun son métier et les vaches seront bien gardées.

« Et pis sans compter qu'y avait d'beaux jours, des jours de soleil et de repos; des dimanches ousque les promeneurs s'en allaient à pied, deux par deux, consciencieusement, sans se presser; ils prenaient même quelquefois les bas côtés pour ne pas m'fatiguer; et pis y avait aussi les amoureux qui s'en allaient bras d'ssus, bras d'ssous, en coquetant des mots d'amour et en s'arrêtant pour s'embrasser comme des moiniaux, monsieur, ni pus ni moins qu'des moiniaux. Ah! c'est ceuss-là surtout qu'j'aimions porter; c'est à peine si j'les sentais marcher, y m'pesaient au dos pas plus qu'une plume, et moi j'leur tendais ma vieille carcasse :

« — Allez-y donc les enfants, que j'leur disais, allez-y carrément. C'est pas vous qui m'creverez mes pavés ! »

« Ah ouiche, j'les entendais rire d'aise en s'bécotant et y s'envolaient comme des abeilles.

« Ah! mon bon monsieur, ousqu'il est c'temps-là, ousqu'il est? Et qui qu'a ben pu maniganger c't'avalanche d'bêtes sauvages qui ont envahi tout d'un coup not' région avec leurs feux d'enfer, leur tonnerre, leurs éclairs, leurs fusées et leurs gaz puants?

« Ils m'ont r'tournée, mon bon monsieur, ils m'ont r'tournée ni pus ni moins qu'une crêpe dans une poêle, et ils continuent, les bandits, ils s'acharnent sur ma vieille peau comme des corbeaux su d'la charogne; ils m'enlèvent l'épiderme pavé par pavé, ils m'ont hérissée d'gabions comme un porc-épic; ils m'creusent des rigoles tout en travers du corps et m'font au milieu des reins des trous à y enfouir un tombereau ! Sûr on m'a jeté un sort !

« Ben, et la nuit, croyez-vous qu'y s'arrêtent, croyez-vous qu'y a moyen d'dormir? Ah ben oui, ils vous lancent, monsieur, des fusées en pleine figure comme pour s'amuser d'vot' détresse. Ah ! les bandits, les bandits !

« Ah! ousqu'est l'temps, ousqu'est l'temps des automobiles, des fourragères et d'nos couples d'amoureux? Enfui tout ça, enfui pour toujours !

« Aussi, j'me suis ensauvée, monsieur, j'ai quitté la mer du Nord, ma dune et mon estacade et j'erre comme une folle à travers les champs.

« Alors, pour vivre, faut ben vivre, n'est-ce pas, j'ai ramassé toutes mes misères pêle-mêle comme des nippes, et j'en ai fait une complainte que j'déballe, comme un ballot de hardes au coin des rues pour des sous...

LE JOURNALISTE, *lui donnant de l'argent.* — Tenez, ma brave femme, et nous voudrions bien entendre votre complainte.

LA ROUTE PAVÉE. — Merci ben, mon bon monsieur, merci ben. *(Elle chante.)*

CHANSON DE LA ROUTE PAVÉE (Air : *La Paimpolaise.*)

REFRAIN

Autrefois, dans les temps bibliques,
Je menais voitures et gens,
A travers la douce Belgique,
Depuis l'Estacade à Westend !

COUPLET

Mais je suis coupée de tranchées,
Et je ne sais plus où je vais.
Je finis par être éreintée,
Tell'ment qu'on m'arrache de pavés;
Et dans ce fracas
Je me dis tout bas :

REFRAIN

Quand, lassés de prendre la pile,
Les boches ficheront leur camp,
Je r'verrai des automobiles,
Depuis l'Estacade à Westend !

[Elle sort en chantonnant par une porte.

Le Pont Joffre *entre par l'autre.*

SCÈNE IX

Le Journaliste, Le Compère, Le Pont Joffre.

Le Pont Joffre. — Tiens, tiens, mais c'est la Route Pavée qui s'en va ! Ah la vieille folle... et dire que je suis forcé de la suivre.

Le Journaliste. — Forcé de la suivre, pourquoi cela?

Le Pont Joffre. — Parce que je lui suis très attaché, monsieur, je suis le Pont Joffre !

Le Journaliste. — Je vous félicite de votre attachement.

Le Pont Joffre. — Que voulez-vous, monsieur, les miséreux s'unissent toujours et quand je vois cette pauvre folle de Route Pavée déambuler son chemin depuis que les boches l'ont détraquée, j'ai toujours peur qu'elle tombe dans l'Yser; alors on est galant, n'est-ce pas, je viens lui donner la main pour passer.

Le Journaliste. — Ah, c'est vous qui traversez l'Yser, vous êtes un pont célèbre et vous devez en avoir vu de dures.

Le Pont Joffre. — Si j'en ai vu de dures, monsieur, si j'en ai vu de dures... à en perdre la boussole, à en perdre la mémoire, à en perdre même l'équilibre.

Le Journaliste, *au compère.* — En effet, il n'est pas d'aplomb, c'est un ivrogne !

Le Pont Joffre. — Et non, monsieur, ce n'est pas parce que je suis ivre que je me balance, ni parce que j'ai la gueule de bois, je ne bois que de l'eau ! C'est parce que je suis un pont de bateau que je me gondole.

Le Journaliste. — Vous êtes un pont de bois.

Le Pont Joffre. — Oui, mais malgré mon apparence extérieure, la meilleure preuve que je ne suis pas de bois, c'est que je donne le mal de mer.

Le Journaliste. — Oh là là ! Vous avez sans doute reçu des torpilles !

Le Pont Joffre. — Non, je me ris des sous-marins.

Le Compère. — Ah quel pont ! Il se figure que les torpilles viennent des sous-marins !

Le Journaliste. — Eh bien ! Si peu qu'il vous en reste, racontez-nous vos souvenirs.

LE PONT JOFFRE. — Très volontiers, monsieur. *(Il chante sur l'air de :* Tout ça
ce sont des choses qu'une femme n'oublie pas.)

LE PONT JOFFRE

I

Pour passer l'Yser, s'en aller aux Dunes,
Faut prendr' le pont Joffre, y a bien des obus,
Mais pour les piétons, quell' bonne fortune,
Il n'y pass' jamais le moindre autobus.
Chaque fois qu'en fac' les boches font d'l'épate
Et que leurs 105 crèv'nt mon tablier,
Avec le sourire, en s'mouillant les pattes,
Passent mitrailleurs, zouaves, bombardiers !

II

On me trait' toujours de vieill' balançoire
Le Génie souvent me mont' des bateaux,
Mais j' suis pour vous tous le pont de la Gloire
Et l'on m'a donné l'nom d'un vrai costaud.
J'sais bien qu'je ne suis qu'un pont qu'a pas d'arche,
Mais un pont français, quoiqu' pont sans culées
Vers l'ennemi, j'dis : « Zouaves, en avant, marche.
Surtout comptez pas sur moi pour r'culer. »

LE JOURNALISTE. — C'est parfait, et vous faites honneur à votre nom. LE PONT
JOFFRE *s'en va.)* Mais vous nous quittez déjà ?
LE PONT JOFFRE. — Je vais rejoindre la ROUTE PAVÉE, j'ai peur que cette pauvre
vieille ne trébuche dans l'Yser. *(Il sort.)*

SCÈNE X

LE JOURNALISTE, LE COMPÈRE, UN ZOUAVE.

UN ZOUAVE, *entre et distribue des lettres au* COMPÈRE *et au* ZOUAVE. — Aux lettres !
Aux lettres !
LE COMPÈRE. — Tiens ! une lettre de la famille, vous permettez de vous la lire,
monsieur le Journaliste ?
LE JOURNALISTE. — Mais parfaitement.

Le compère chante sur l'air de La Chanson des Heures (de Xavier Privas)

I

Je t'écris d'chez nous, ô mon cher Emile,
O toi mon p'tit gars qu'es mon seul espoir,
Avec ton flingot, mets souvent dans l'mille,
Contre ces sal's boch's fais tout ton devoir...

II

Fais tout ton devoir, car c'est pour la France,
Pour la liberté, pour l'humanité,
De l'Alsac'-Lorrain', c'est la délivrance,
Fais tout ton devoir, mon enfant aimé...

III

Mon enfant aimé, va, pense à ta mère,
Qui prie tant pour toi la nuit et le jour,
Elle t'attend ici dans l'humble chaumière,
Avec ton bon vieux, elle prie toujours.

IV

Elle prie toujours pour que tu reviennes,
Car notre foyer est vide à présent;
Ton frère n'est plus, hélas ! pauvr' Etienne
Est mort en soldat, est mort bravement...

V

Est mort bravement, oui, mon cher Emile,
En prenant d'assaut l'fortin Beauséjour,
Il voulait comme toi mettre aussi dans l'mille,
Mais il est parti, mon gars, mon amour...

VI

Mon gars, mon amour n'est plus, mais tu m'restes,
Pour venger sa mort en dépit de tout,
Sois prudent, mon fieu, sois aussi très leste,
Venge ton frérot, méfie-toi surtout...

VII

Méfie-toi surtout qu'un' balle traîtresse
Vienne méchamment te percer le cœur,
Rien que d'y songer, oh quelle faiblesse
Mon âme est bien trist', je verse des pleurs.

VIII

Je verse des pleurs, des larmes de mère;
Mais si le malheur voulait, mon enfant,
Que tu m'sois enlevé, ô douleur amère,
Ce s'rait pour la France, ta second' maman...

IX

Ta second' maman, cett' France chérie
Est pour moi, comm' toi, oui tout mon espoir,
O mon cher Emil', défends la Patrie
Contre ces sal's boch's, fais tout ton devoir !

LE JOURNALISTE *essaie de le consoler.* — Allons, mon pauvre garçon, je vois que vous avez payé cher votre tribut au pays, c'est la loi générale...

LE ZOUAVE, *intervenant.* — Ah et puis zut, faut pas t'biler mon vieux, moi j'prends l'temps en douceur. Quand ça sera fini, on partira; tant qu'ça dure, on reste : pas vrai, l'petit père? Chaque jour amène son pain !

LE JOURNALISTE. — Vous êtes un vrai philosophe, vous, mon brave; et que faisiez-vous donc dans le civil?

LE ZOUAVE. — Camelot, pour vous servir; moi, j'ai jamais été si heureux. Dame, voilà plus d'un an que j'vis sans faire de dettes et ça n'm'était jamais arrivé d'ma garc' de vie, et on vit, y a pas à dire, on vit. Ah dame, on ne place pas d'argent, mais enfin, on mange tous les jours, on dort toutes les nuits et on est nippé par tous les temps. (*Il déclame.*)

FLEURS DE TRANCHÉES

Dans mon coin d'tranchée, bien à l'aise,
L'cul sur un sac et l'ventre haut,
(J'm'asseyais rar'ment sur une chaise,
Même aut'fois quand j'étais civ'lot)

De cartouches, mes cartouchières pleines,
Mam'selle Lebel à ma portée,
(L'seul métal jaune qui m'appartienne,
La seule femme qui m'ait pas trompé)
J'suis bien sûr pus heureux qu'un roi,
Encore qu'avec moins d'tintouin,
Car j'ai à m'occuper que d'moi,
Et j'jalouse même pas mes voisins !
J'fais mes p'tites affaires, j'bricole,
J'nettoie mon fling, j'cherche mes poux,
On cause aux copains, on rigole,
On casse un' croûte et pis v'là tout.
Et quand j'm'ennuie d'la grosse Yvonne
Dont j'savou'rais ben un bécot,
J'y taille un' bague d'aluminium,
Avec la point' ed' mon couteau.
Tous les soirs, y a feu d'artifice,
Qu'les boches tir'nt en notre honneur,
Alors d'chez nous, par malice
Leur répondent les meilleurs tireurs !
Des pleutres vous diront qu'y a d'la casse,
Qu'on peut s'faire tuer, qu'c'est pas prudent,
Ah ouiche ! y en a moins qu'quand on passe
Sur l'boulevard ed' Ménilmontant !
C'est tout Pantruche en miniature,
Avec ses travaux du métro,
L'grand air, les fortifs, la verdure,
Y n'y manque que les bistrots.
Et pis au moins, si j'roupille
A poings fermés, su l'trimard,
Y a pas un flic qui s'égosille
A m'chercher des noises ed' chicard !
Y en a qui prétendent equ' la guerre
Ça développe les mauvais instincts,
Moi, j'prétends qu'c'est tout l'contraire,
Et j'deviens bon comme el bon pain.

D'être si heureux, si bien traité,
D'avoir ainsi tout à gogo,
On s'demande si on a l'droit d'tuer...
Même les poux, ces p'tits animaux !
Aussi quand maintenant j'les empoche
J'ai pitié d'leur p'tit ventre tout blanc
On n'a d'la haine qu'pour les boches,
On n'na pas pour les innocents !

LE JOURNALISTE. — Je vois que vous êtes un vrai philosophe, mais tout de même ce doit être monotone de ne jamais sortir de la tranchée.

L'éclaireur volontaire apparaît.

SCÈNE XI

LE JOURNALISTE, LE COMPÈRE, L'ÉCLAIREUR, LE ZOUAVE.

L'ÉCLAIREUR VOLONTAIRE. — Jamais sortir, jamais sortir... Et qui vous dit qu'on ne sort jamais? Le jour peut-être... mais la nuit... on est toujours dehors.
LE JOURNALISTE. — Vous sortez toutes les nuits? Et pourquoi faire?
LE ZOUAVE. — Pour éclairer, parbleu. Que voulez-vous qu'il fasse la nuit? Monsieur l'ÉCLAIREUR VOLONTAIRE va vous expliquer comment. Permettez-moi de me retirer, j'ai encore à terminer une bague d'aluminium.

Il sort. L'ECAIREUR *chante sur l'air:* Les Cambrioleurs.

1

De tout l'régiment,
Les meilleurs garnements,
Les amateurs de croix d'guerre,
Une étoile à la manche,
Une ruse de Comanche,
Les éclaireurs volontaires,
Ont l'cœur sur la main,
Mais la grenade à main,
C'est encore plus certain :

les officiers devaient les menacer de leurs revolvers. Eh bien, c'est faux, vous enten-dez, archifaux, ils vont à l'ennemi, monsieur, avec une ardeur sans pareille, et ils y mettent un tel zèle que c'est pour les retenir au contraire que leurs officiers les menacent, témoin ce malheureux. Interrogez-le plutôt !

LE JOURNALISTE. — Vraiment, mon gars, tu es si brave que cela?

LE BOCHE. — Si che suis prave, ça fait beut-être la fintième fois que che temande à aller en batrouille, en regonnaissance, en églaireur, est-ce que che sais? Eh pien, chamais on me l'a permis, fous entendez, et che suis fenu sans bermission, en frai folontaire ! ! !

LE JOURNALISTE. — Tiens, tiens, ç'est bizarre, et pourquoi?

LE BOCHE. — Barce que chaque fois que les gopains y ont été, y sont pas refenus !

LE JOURNALISTE. — Ils ont été tués?

LE BOCHE. — Mais non, ils se sont rentus, parbleu ! A quoi pensez-fous donc? Sans ça, ch'aurais chamais foulu y aller !

LE JOURNALISTE. — Ah, très bien !

LE BOCHE. — C'est gomme les fils de fer, monsieur le Journaliste, fous safez... les fils barbelés? Eh bien, chez fous, n'est-ce pas, on les met pour nous empêcher d'approcher, gomme on met de la mort au rat autour du pon grain pour éloigner le vermine !

LE JOURNALISTE. — Exactement, votre comparaison est très juste, mais chez vous... n'est-ce pas aussi pour nous empêcher d'approcher?

LE BOCHE. — Bas du tout, monsieur, bas du tout. Chez nous, c'est pour nous empêcher de partir !...

LE JOURNALISTE. — Tiens, tiens, mais votre histoire est très intéressante. Voulez-vous me la raconter, je vais prendre quelques notes, vous permettez?

LE BOCHE. — Che permets, monsieur, che permets; elle est tout à mon honneur puisque che suis folontaire.

LE JOURNALISTE. — Bon, alors j'intitule : « Histoire d'un volontaire ».

LE BOCHE. — C'est ça, che gommence. Foulez-vous m'accompagner, monsieur le bianiste.

LE PIANISTE. — Très honoré, monsieur le volontaire.

LE BOCHE. — Ah! gomme ces Franzais sont aimables; ils me reçoivent en musique, on est encore mieux reçu qu'afant la guerre. Il faut fous dire, monsieur le Journaliste, qu'afant la guerre, ch'étais karçon de kafé sur les krands poulevards, et on les gonnais les Franzais, allez, che les gonnais, ce sont de prafes chens, de tout à fait brafes chens, ils sont incapables de nous en fouloir et nous faisons pourtant tout ce qu'il faut pour cela, n'est-ce pas?

LE JOURNALISTE. — En effet.

LE BOCHE. — Eh pien, monsieur, che suis sûr que, malgré cela, après la guerre, che retrouverai ma blace, fous entendez, et beut-être même afec une betite augmen-tation. Foulez-vous parier avec moi, monsieur le chournaliste?

LE JOURNALISTE. — Non, parce que je serais sûr de perdre, mais nous attendons toujours votre histoire.

LE BOCHE. — Ah! c'est vrai, fous allez foir, che suis un frai folontaire. Che gom-mence...

LE PRISONNIER BOCHE (Air du *Pendu.*)

I

Ayant résolu de me rendre
Au mois d'août en quittant Berlin,
Je m'exerçais, sans plus attendre,
Chaque jour à lever les mains.
Stupéfait de ma gymnastique,
L'officier courtois, mais hautain,
Me traita de porc, de bourrique
Tout en me bottant le bas rein. *(bis.)*

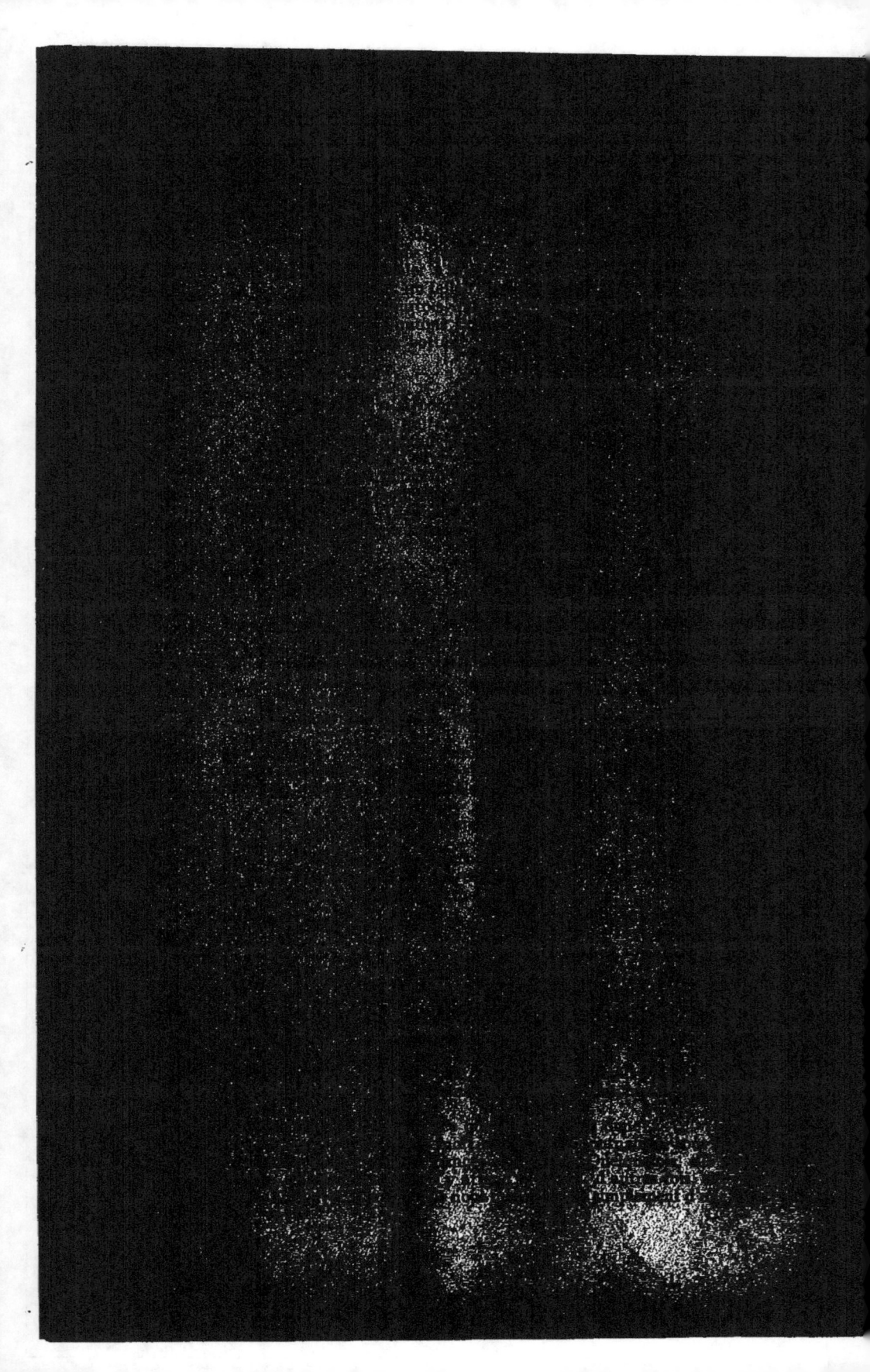

pour bien nous faire comprendre qu'elle ne nous oublie pas et qu'on reste à sa disposition; mais le plus souvent, croyez-moi, elle nous dédaigne et principalement quand on semble vouloir la braver.

LE JOURNALISTE. — Ce doit être un dédain dont vous n'êtes pas vexé?

LE ZOUAVE. — Dame, on ne s'en plaint pas... et puis, d'ailleurs, on sait la regarder venir. (Il récite.)

RONDE DE GUERRE

I

Dans le sable, sur des grabats,
Les soldats ont tapi leur gîte,
Ils somnolent ou causent bas,
Les héroïques troglodytes :
La bombe éclate et fait tout choir,
La casemate dégringole,
Mesdames, commandez du noir,
    La mort nous frôle.

II

Derrière le créneau, penché
Vers les ténèbres, l'homme guette
Et s'hallucine; on a marché.
Il imagine une silhouette;
Sur le parapet, pour mieux voir,
Son front surgit, la balle frappe,
Mesdames, commandez du noir,
    La mort nous happe.

III

Les gars, on va donner l'assaut,
Suivons les chefs, que l'on s'apprête,
Hors des tranchées faisons le saut,
En avant, à la baïonnette !
Soldats, faites votre devoir,
Serrez ! Chargez ! Vive la France !
Mesdames, commandez du noir,
    La mort s'élance.

IV

La mitraille halète et fauche
Par rafales des rangs entiers,
Tonnerre et grêle, l'obus boche
Déchiquète et broie les troupiers.
Comme une rose au vent du soir,
Le brave régiment s'effeuille,
Mesdames, commandez du noir,
    La mort nous cueille !

V

C'est pour nous la mort sans tombeau,
Mais aussi le linceul de gloire,
Le cadavre aura ses corbeaux,
Mais notre âme aura la Victoire.

> Pour l'orgueil, pour le grand espoir,
> Pour l'éclat de l'aube nouvelle,
> Mesdames, commandez du noir,
> La mort appelle.

LE JOURNALISTE. — Mais, dites-moi, mes braves, car vous l'êtes, en somme, tous les deux, chacun à votre façon, à vous écouter l'un et l'autre, vous semblez faits pour vous entendre merveilleusement : l'un ne demande qu'à attraper l'autre, l'autre qu'à se faire attraper, et vous êtes arrivés au résultat cherché, alors vous devez être parfaitement contents ?

LE ZOUAVE. — Parfaitement content, le copain m'a fait gagner la croix de guerre.

LE BOCHE. — Barfaitement gontent, le gopain m'a fait gagner un pon gasse-groûte.

LE ZOUAVE. — Et c'est la famille qui sera heureuse quand elle saura que je suis décoré.

LE BOCHE. — Et la mienne donc, quand elle saura que che suis à l'apri du pesoin.

LE ZOUAVE. — Seulement, c'est dommage qu'il ne se rebiffe pas, parce qu'il m'aurait fait gagner cinquante francs.

LE JOURNALISTE. — Comment cela ?

LE ZOUAVE. — Un boche qui se rebiffe dès qu'il est à portée de la main est un animal tellement rare qu'on nous le paie cinquante francs, je crois que c'est pour le Jardin d'Acclimatation.

LE JOURNALISTE. — Pas possible.

LE ZOUAVE. — Les officiers gros ou petits, trois cents francs pièce ! l'un dans l'autre ! Mais ça, c'est des merles blancs, dès qu'on les menace, ils vous disent : « Kamarad ! » avec autant d'empressement que Cambronne disait... merci !

LE JOURNALISTE. — Mais alors, pourquoi vous battiez-vous ?

LE ZOUAVE ET LE BOCHE, *ensemble*. — Nous aimions la même femme !

LE JOURNALISTE. — Quoi !

LE ZOUAVE ET LE BOCHE. — Nous aimions la même femme !

LE JOURNALISTE. — La même femme !... Qu'est-ce qu'ils racontent ?

LE COMPÈRE. — Eh oui, la Grande Dune, parbleu ! Comment ! Vous ne savez pas que depuis dix mois ils se disputent ses faveurs. Tenez ! la voici justement qui vient les relancer jusqu'ici !

ENTRE LA GRANDE DUNE

SCÈNE XIV

LES MÊMES, *plus* LA GRANDE DUNE.

LE JOURNALISTE. — Qu'est-ce que c'est que ça ?

LA GRANDE DUNE. — Je suis la Grande Dune, parbleu. Comment ! vous ne me reconnaissez pas, mais on ne parle que de moi dans les journaux ! Je suis la belle du jour, la belle à la mode, la belle des belles, celle pour laquelle tous les poilus ont quitté les leurs. Je les éclipse toutes, jamais la belle Otero n'a fait courir tant de monde, jamais Casque d'Or n'a fait couler tant de sang, Marguerite de Bourgogne était moins féroce, Diane de Poitiers moins disputée et Mme Steinheil elle-même était moins populaire.

LE JOURNALISTE. — Mais enfin, madame la Grande Dune, il faudrait pourtant vous décider : du zouave ou du boche, qui préférez-vous ?

LA GRANDE DUNE, *d'un air mystérieux*. — Oh ! je vais vous le dire... mais vous me garderez le secret.

LE JOURNALISTE. — Oh ! madame... soyez sans crainte. Je suis journaliste !

LA GRANDE DUNE *chante sur l'air de* La Valse Brune.

CHANSON DE LA GRANDE DUNE

I

Les zouav's, le jour, me font des révérences,
Les boch's, jaloux, me surveillent sans bruit,
Les uns piétin'nt mes mamelons en cadence,
Les autres caress'nt mes flancs toute la nuit.
Oui, mais les boches sont mes maîtres de l'heure,
Sous leurs lunettes ils me font les gros yeux,
Car si les zouav's sont mes amants de cœur,
    J'suis mariée avec eux.

REFRAIN

    C'est la Grande Dune,
  Que les zouaves à bonne fortune,
    Malgré la horde importune,
  Visitent dans la nuit noir'.
    C'est la Grande Dune,
  Qui préfère au clair de lune,
  Malgré la horde importune,
    Ses amants d'un soir.

II

Les boch's m'ont prise un beau jour par surprise,
Sans demander seul'ment mon consentement;
Ils m'entourèr'nt aussitôt d'chevaux d'frises,
Et m'épousèr'nt ainsi clandestinement.
Oui, mais les zouaves, en soupirants fidèles,
Fir'nt du Polder un vrai camp retranché,
Et c'est d'là qu'ils font la cour à leur belle,
    En galants chevaliers.

III

Les boch's maint'nant me grimpent sur les reins.
Viol'nt de mes flancs les charmes les plus secrets,
Et non contents de me miner les seins,
D'fils barbelés, ils m'ont fait un corset.
Oui, mais les zouav's me chantent au clair de lune
En désignant ma ceintur' d'chasteté :
« Nous l'enlèv'rons, prends patience, oh belle Dune,
    Car nous avons la clé ! »

SCÈNE XV

LE COMPÈRE, LE JOURNALISTE, LE ZOUAVE BLESSÉ, LE BOCHE, LA GRANDE DUNE.
Tout le monde applaudit sur la scène la chanson de la Grande Dune. Miss Dorothée entre au bras du GENDARME BELGE.

LE GENDARME. — Bravo ! Bravo ! Bravo !
MISS DOROTHÉE. — Aôh ! Très bien ! Très bien !
LE GENDARME, *désignant le boche.* — Voilà mon affaire.
MISS DOROTHÉE, *désignant le zouave.* —- Et voilà justement ce que je cherchais.
LE ZOUAVE. — Oui, madame est... Serbie.
MISS DOROTHÉE. — Aôh ! Aôh ! le major n'avait pas pu venir, il est allé voir
une lady américaine qui est couchée.
LE ZOUAVE. — Ah ! oui, la neutre... alitée,

MISS DOROTHÉE. — Aôh ! je vois que vous êtes bien atteint.

LE JOURNALISTE. — Mais qu'est-ce que c'est encore que ces deux-là ?

LE GENDARME, *présentant miss Dorothée.* — Miss Dorothée, ambulancière des zouaves, qui est nonobstant la femme la plus sympathique du secteur, savez-vous; qui ne craint ni le froid, ni la mitraille, une femme en un mot qui est un vrai poilu pour une fois.

MISS DOROTHÉE, *présentant le gendarme.* — Maître Pandore, l'homme le plus galonné de toutes les Flandres, un homme qui ne connaît que sa consigne, la terreur des bistros et la coqueluche de toutes les femmes.

LE JOURNALISTE. — Mais voilà encore de charmantes connaissances ! Voulez-vous me permettre, miss, une petite interview ?

MISS DOROTHÉE. — Aôh très volontiers. *(Elle chante.)*

CHANSON DE MISS DOROTHÉE (Sur l'air du *Cow-Boy américain.*)

I

Je passe en auto sans relâche
    Du matin au soir ;
Aux p'tits soldats j'ai pris à tâche,
    De r'donner d'l'espoir.
J'apporte le premier sourire
    Aux pauvres blessés,
Eux me reconnaissent et soupirent,
    C'est miss Dorothée.
Il paraît que d'mes yeux
Tout l'monde est amoureux
Car, rien qu'en me voyant,
Ils oublient tout d'suite leurs tourments.

REFRAIN

Je suis une petite miss d'Angleterre,
    J'ai d'bonnes manières,
    Je n'suis pas fière,
Je ne sais pas pourquoi
Les zouaves courent après moi
Et me veulent tous à la fois.
Est-ce pour mon p'tit casquett' tout rond,
    Mon œil fripon,
    Mon pied mignon,
Pour mes manières excentriques
Ou pour mes jambes élastiques
Je suis une petite miss très chic.

II

Je fus dernièr'ment la marraine
    Des autos-canons
Et l'on baptisa, quelle aubaine !
    D'ces messieurs, l'fanion
Le colonel en fut l'parrain
    J'étais très flattée,
Quand tous crièrent, le verre en main :
    Vive miss Dorothée.
Il paraît que d'mes yeux
Tout l'monde est amoureux.
Car l'colonel, ma foi,
Etait bien galant avec moi.

LE JOURNALISTE. — Fort bien, et vous êtes un charmant gage de l'Entente Cordiale.

LE ZOUAVE. — C'est-à-dire qu'avec des ambulancières comme celle-ci on voudrait être blessé tous les jours.

LE GENDARME. — Que voilà nonobstant une petite femme héroïque, et pourquoi diable ne lui donne-t-on pas des galons?

LE BOCHE, *la bouche pleine, s'approchant de miss Dorothée.* — Kand ch'étais karçon de kafé sur les krands poulefards!...

LE GENDARME. — Il faut fermer ça, sais-tu, ou je t'étrangle!

LE JOURNALISTE. — Vous savez lui faire fermer avec une énergie sans pareille, monsieur le gendarme...

LE GENDARME. — Faire fermer, faire fermer, c'est mon métier, sais-tu, monsieur le Journaliste; je suis le préposé à la fermeture des bistros. Ah! il faut les voir les bistros dès qu'ils aperçoivent mes galons : « Voilà le gendarme! » qu'ils crient. Je sème la panique dans l'établissement. Aussitôt la salle se vide, les verres aussi, les bidons s'escamotent et tout le monde disparaît, et la patronne de dire : « Vous voyez, monsieur le gendarme, nous fermons, nous fermons. »

« — Ici, oui, mais... et l'arrière-boutique? Voyons, l'arrière-boutique, godferdom! »

« Car j'ai l'œil pour une fois, monsieur le Journaliste, j'ai l'œil et je vérifie si tout est bien fermé : la boutique et l'arrière-boutique et aussi les tonneaux, surtout les tonneaux. Les mauvaises langues disent même que nous nous attardons surtout autour des tonneaux : jamais, monsieur, jamais, nous vérifions seulement la fermeture.

LE JOURNALISTE. — Nous n'en doutons pas, monsieur le Gendarme, nous n'en doutons pas, d'ailleurs votre air pâlot et votre figure souffreteuse en sont les meilleurs témoins; mais la moindre petite chansonnette ferait bien mieux notre affaire et nous sommes sûrs que vous saurez nous chanter vos hauts faits comme ils le méritent.

LE GENDARME. — Je ne me fais jamais prier et puisqu'il n'est pas encore l'heure de fermer, pour une fois... *(Au pianiste.)* S'il vous plaît, monsieur...

CHANSON DU GENDARME FLAMAND (Air les *Gardiens de la Paix.*)

I

Nous somm's les yeux de la police,
Les yeux qui r'gardent un peu partout,
Nous r'gardons tout' chose sans malice,
Nous nous r'gardons même entre nous.
Nous r'gardons si la Grande Dune
Ne chang' de plac' de temps en temps
Et puis, nous r'gardons si la lune
Est à sa place au firmament.

REFRAIN

Nous sommes les gendarmes flamands,
Les gendarmes aux galons d'argent,
De Coxyde jusqu'à la Panne
Nous allons tout doucement, mais sans rester en panne.
Et de la Panne à Coxyde,
Car rien, j'vous jur', n'nous intimide,
Nous retournons très vigilants,
Car nous sommes les vrais, les vrais gendarmes flamands.

II

Nous 'r'gardons les aéroplanes,
Pour voir s'il n'y a pas d'espions d'ssous,
Nous r'gardons si ces gens infâmes
Ne se fourr'nt pas un peu partout.
Comme ils se cach'nt chez les bistros,
Nous sommes bien forcés d'y aller,
Pour voir s'ils sont dans les tonneaux,
Nous somm's obligés d'les vider.

III

Nous r'gardons la marée qui monte,
Nous d'mandant si elle descendra,
Et nous r'gardons à notre montre,
Rien qu'pour voir le temps qu'elle mettra.
Pour qu'nos galons qui sont si chics,
Soient comm' la mer, phosphorescents,
Au brillant belge on les astique,
Et on les r'garde de temps en temps.

IV

Si les boches un jour pass'nt l'Yser,
Notre air dign' les intimid'ra,
Jamais, nous ne les laisserons faire,
Tout l'mond' sait qu'on est un peu là.
Très crânement, nous leur dirons :
« Repassez de l'autre côté,
(Leur mettant sous l'nez nos galons)
Vous n'avez pas d'laissez-passer. »

LE JOURNALISTE. — Bravo ! Bravo ! Voilà qui est bien poussé.
MISS DOROTHÉE. — Oh yes... très bien poussé.
LE BOCHE. — Kand ch'étais karçon de kafé sur les krands poulefards...
LE GENDARME, *furieux.* — Qu'il ferme, qu'il ferme...
LE JOURNALISTE. — Mais, pourquoi ? Il n'est pas encore l'heure.

LE CHEVAL DE FRISE *fait irruption en gambadant.*

SCÈNE XVI

LES MÊMES, *plus* LE CHEVAL DE FRISE.

LE CHEVAL DE FRISE. — Pas l'heure, pas l'heure, mais non, il n'est pas encore l'heure, alors, profitons-en. Un picotin, un !
TOUT LE MONDE. — Qu'est-ce que c'est que ça ?
LE CHEVAL DE FRISE, *continuant à galoper et à faire des écarts.* — Un picotin, un ! Qu'est-ce que c'est que ça ? Vous ne voyez donc pas que je suis le cheval de frise... Un picotin, un !
LA GRANDE DUNE. — Hélas... un cheval de frise emballé, voilà mon écurie qui se vide...
LE JOURNALISTE. — Vous avez une drôle de façon de vous présenter... vous ne pourriez pas vous calmer un peu ?... Et nous dire qui vous êtes.
LE CHEVAL DE FRISE. — Très volontiers, monsieur le Journaliste, très volontiers. Seulement, j'suis un peu essoufflé. (*Il continue à gambader de temps en temps.*) Ah ! dame, c'est que depuis huit mois qu'on attend à la même place, on finit par avoir des fourmis. (*Il gambade et calme sa monture.*) Oh ! voyons, oh ! Oh ! arrêtons-nous, que je te présente à la société. Oh ! bijou. N'ayez pas peur, madame, il ne mord

pas... Oh! bijou... Ne craignez rien, monsieur, il ne rue pas... Oh! Oh! tiens-toi un peu, tiens-toi... Y es-tu?

CHANSON DU CHEVAL DE FRISE (Air : *Le Bon Républicain.*)

I

Le ch'val le plus économique,
Qu'on ait jusqu'ici inventé,
Le voilà : « Qui s'y frotte, s'y pique. »
Ça n'est rien, mais fallait l'trouver.
Les Grecs dans l'temps en inventèr'nt un autre.
Qu'ils app'lèrent le cheval de Troie.
S'ils étaient trois où qu'montaient les deux autres?
Ici, y a juste un' plac' pour moi.
L'plus chouett' c'est qui s'nourrit de rien
Y d'mande mêm' pas un' bott' de foin.

II

Ça n'était pas égalitaire,
Qu'les cavaliers seuls soient montés,
M'ill'rand qu'est un humanitaire,
Dans sa sagesse a décidé :
« Puisqu' l'infanterie est la reine des batailles,
Un' rein' peut pas aller à pied
Quand on donn' des bourins à la valetaille. »
Du ch'val de frise, il l'a dotée.
L'plus chouett', c'est qu'on peut taper d'ssus,
Y a pas d'danger, jamais y n'rue.

III

Y s'fout d'tout sans en avoir l'air,
Y s'fout des chaleurs de l'été,
Y s'fout autant des froids d'l'hiver,
C'est pas lui qu'aura les pieds g'lés.
Y s'fout d'l'amour et si un' jument de frise
D'vant lui s'met à gambader d'joie
Il dit : « Ma vieille, tes charm's n'auront pas prise.
Tu perds ton temps, car je suis d'bois. »
L'plus chouette, c'est pas un déshonneur,
C'est qu'il n'est jamais en chaleur.

TOUT LE MONDE *applaudit.* — Oh! Oh! très bien, très bien.

LE JOURNALISTE. — Mais, dites-moi, dans la cavalerie, c'est le cavalier qui a des éperons! Ici, c'est le cheval.

LE CHEVAL DE FRISE. — Oui! Je suis le cheval porc-épic.

LE GENDARME. — Le cheval de frise au fil de fer.

LE JOURNALISTE. — Je croyais les chevaux faits pour courir, mais celui-là, c'est pour arrêter.

LE ZOUAVE. — C'est toujours pas celui-là qui nourrira les petits oiseaux.

LE CHEVAL DE FRISE. — Et puis, pas d'erreur : c'est bien un cheval et non pas un bidet.

LE GENDARME. — Si on profitait pour une fois qu'il n'est pas encore l'heure de fermer, pour en pousser une tous ensemble.

TOUS. — Hurrah!

LE BLESSÉ. — Qu'est-ce qu'on pourrait bien chanter?

LE JOURNALISTE. — Eh bien! Je vous apporte une chanson de Paris.

Tous. — Qu'est-ce que c'est ?

Le Journaliste. — La danse la plus à la mode : *La Poiluette*.

Tous. — Mais sur quel air ?

Le Journaliste. — *La Matchiche.*

Le Boche. — Oh ! che gonnais ! Kand ch'étais karçon de kafé sur les krands poulefards... *(Le gendarme le repousse.)*

LA POILUETTE (Air : *La Matchiche.*)

I

Que l'on soit en Alsace,
Ou sur l'Yser,
Chaque troufion prend place.
Aux premiers airs
De la vraie poiluette
Tous les soldats
Dégourdissent leurs gambettes,
Ils se trémoussent : ah faut voir ça !
Car, très élégamment,
Ils se prenn'nt la taille en chantant :

REFRAIN

Dansons la poiluette
— Ça, c'est chouette
La danse des poilus
Maigres ou ventrus,
C'est un pas rigolboche,
Qui n'est pas boche,
Cavaliers et biffins,
Dans'nt ce machin.
Zouaves, turcos,
S'écrient : « Bono, bono,
Car cet hiver,
On dans'ra chez l'kaiser. »

II

Malgré tout's les tempêtes
De bombes, obus,
Ils dans'nt la poiluette,
Tous les poilus...
Bien au fond d'leurs tranchées,
— Je n'vous dis qu'ça
Ils font cette danse des armées,
Danse reconnue par l'État,
Puisque nos gouvernants
Eux-mêmes la font en chantant.

AU REFRAIN

III

Nos poilus en All'magne,
Dans un mois s'ront ;
Fich'ront les boch's au bagne
Jupons, ils gard'ront...

Ils diront aux bochettes :
« Gretchen, veux-tu?
Danser la poiluette.
La véritabl' dans' des poilus. »
Et sur un bon dodo
L'troufion chantera amoroso.

REFRAIN

Dansons la poiluette
Ma p'tit' bochette,
La danse des poilus,
Tu l'as voulu.
Ce n'est pas une danse boche
Pour ta caboche
Un pas d'pénétration
De notr' nation.
Allons ! Allons !
Gretchen, fais attention,
Va doucement,
Tu f'rais rater l'mouvement !

IV

Si un turco dégotte
Le grand kaiser,
Il mettra sa culotte
Bien à... l'envers.
Puis ensuit' par la taille
Il l'enlacera
Pour danser après la bataille
La poiluette à entrechats,
Puis montrant son... ardeur
L'turco chantera à l'Empereur.

REFRAIN

Dansons la poiluette,
Ma Guillaumette,
La danse des poilus.
Très bien foutus...
Ce n'est pas un' dans' boche
Pour ta caboche
Un pas d'pénétration,
De notr' nation,
Allons ! Allons !
Guillaum' ! fais attention !
Va doucement,
Tu f'rais rater l'mouvement.

Tout le monde danse et disparaît dans les coulisses, sauf LE JOURNALISTE *et* LE COMPÈRE *qui restent en scène.*

DEUXIÈME TABLEAU

SCÈNE PREMIÈRE

LE COMPÈRE, LE JOURNALISTE.

La musique attaque La Marche des zouaves.

LE JOURNALISTE. — Tiens, qu'est-ce qu'on entend?

LE COMPÈRE. — C'est le 1er régiment de zouaves qui fait son entrée dans le village. Il va probablement laisser son drapeau sur la place.

LE JOURNALISTE. — Nous allons donc pouvoir admirer le drapeau du 1er zouaves.

Le rideau du fond se lève et découvre le drapeau placé sur des faisceaux et gardé par des hommes couchés et le zouave debout.

La musique joue l'air du Rêve passe *et* LE COMPÈRE *chante :*

HONNEUR AU 1er ZOUAVES (Air : *Le Rêve passe.*)

Honneur, honneur au 1er régiment de zouaves,
Qui soutient partout la gloire de son drapeau,
Que l'univers entier admire tous ces braves
Dont l'amour du pays est à fleur de la peau.
Ils ont combattu sur le front comme des fauves :
Sur la Marn', au Chât'let, à Ypres, sur l'Yser,
Plusieurs de ses vaillants dorment sous un ciel mauve,
      Malheur à toi, kaiser.

      Nous vengerons
Nos zouzous, nos vrais frères d'armes,
      Nous lutterons
Jusqu'à c'que ton peuple désarme.
      Nos généraux
Et notre chef suprême Joffre,
      Sont des héros
Qu'tu n'trouv'ras pas dans tes coffres.

Aussi, Guillaume maudit, fais attention aux zouaves !
Ils n'aim'nt pas les bandits. Regarde leur air grave.
Ton règne est terminé, la Franc' chante victoire,
Et ton rêve imagé était aléatoire.
Entends, Guillaume, du monde entier la voix...
      Les clairons...
      Les canons...
      Ecoutons...
      Regardons...

Le COMPÈRE *va prendre le drapeau, les hommes se lèvent, rompent les faisceaux et se mettent au garde à vous.*

Gloire aux zouzous
Que tout l'mond' admire et regarde.
Saluons tous,
Du drapeau, ils ont la garde.

Honneur — Gloire — Espérance
A nos zouzous
Vive la France !

Le rideau du fond se baisse.

APOTHÉOSE

Les artistes reviennent tous sur la scène et LA GRANDE DUNE *chante :*

Air : *It's a long, long way to Tipperary.*

C'est la fin, oui la fin, de notr' revue, mes amis,
Applaudissez gaiement la Grande Dune, ses favoris,
Et dans votre cercle, faites-nous de la réclame
Pour que partout, au front, *au clair de la dune* on proclame :

REFRAIN *(en chœur.)*

It's a long way to Tipperary,
It's a long way to go;
It's a long way to Tipperary,
To the sweet a girl I know !
Good by Piccadilly,
Farewell, Leicester Square,
It's a long, long way to Tipperary,
Au revoir et merci.

FIN

N° 15. 10 Octobre 1915

La Chéchia

Journal boyautant du 1er Zouaves
relié avec tout le front par fils barbelés

Seul journal à peu près sérieux des tranchées, reconnu d'utilité
publique et subventionné par l'État (1 Sou par jour)
Pour tous les articles non insérés s'en prendre à la Censure
Rédacteur en Chef : DACHE, perruquier des Zouaves

ABONNEMENT

LES AUTEURS

SCEAUX. IMP. CHARAIRE